Almas de Luz

2

Almas de Luz

Almas de Luz

Nombre del autor: Diego Dijav Alonso Vega
[año de publicación] 2022
Impreso por [nombre de la imprenta

Introducción

Este libro narra la historia de unas almas avanzadas que reencarnaron en la tierra para ayudar a alcanzar nuevamente la conciencia divina de la humanidad para así ser libres y ya nunca más ser gobernados por la oscuridad. Dichos viajantes estelares han tenido acceso a toda la enseñanza divina mediante los maestros ascendidos aun así ellos pudieron tener una vida normal con los humanos y poder ayudar a despertar a sus pares semillas estelares que están por todo el planeta, podrán vivir una historia muy buena con mucha ficción o tal vez realidad solo quedará a cargo de vosotros solo aquí tendrán revelada mucha verdad desde años muy atrás.

En cada capítulo recordaran tal vez parte de vuestras vidas o de momentos que han vivido alguna vez recuerden que esto es algo tan inmenso que nos llena de dicha.

Capítulo I

Transcurría el año 500 DC y Carles iniciaba su camino dar lo que es amor y luz, así él iba viajando por una vida más para dejar su enseñanza sobre el amor, buscando despertar al ser humano en su divinidad y alcanzar la conciencia divina nuevamente la cual la trataron de eliminar al nacer a cada ser.

Así él viajaba por las bellas tierras del reino de Navarra en España junto a sus dos amigos y compañeros mensajeros Denie y María.

Cada uno con el mensaje común de que debemos aceptarnos como Amor para alcanzar regresar a la divinidad y así evitar caer en garras de los arcontes que obligan a volver una y otra vez en diferentes vidas.

Así mismo al ser uno una persona consciente tenía la gracia de decidir si volver en otro cuerpo para seguir ayudando y guiando a los demás para alcanzar la iluminación.

Ellos a pesar de todo que eran perseguidos y expulsados naciones y de campañas aun así ellos seguían profesando ese mensaje para despertar a la humanidad.

Sus vidas corrían peligro, pero ellos no temían e iban dejando su mensaje en varias naciones.

Particularmente en el Reinado de Navarra fueron muy bien recibidos dejando mucha gente que recibía el mensaje y que iba transmitiendo a los demás era muy importante que algunas personas incluso decidieron llevar ese mensaje a otras ciudades y comunidades.

Carles les había contado a sus dos amigos que él era un ser iluminado que fue elegido para traer un mensaje de amor e iluminación para los demás.

Y les había dichos si estaban seguros de seguir este camino.

Fue así que María le dijo.

-Sabéis que toda mi vida desde pequeña experimente muchísimas cosas y ahora me acepto como amor y que soy una bruja de luz que he logrado ayudar a otras comunidades con esto.

Así que yo te seguiré no temo que pasé nada ni a mi vida y os cuidaré a ti y a todos los que no sigan estoy segura de seguir este camino.

Aprenderé de tu sabiduría y te daré toda mi enseñanza y energía siempre presiento que me podré reconocer y poder recordar mis vidas pasadas.

Será bello que podamos enseñar a los demás y además guiándote voy aprender mucho más replicó Carles.

Caía la noche y Carles preguntó a ¿Denie tú estás seguro de seguir este camino?

Más que seguro somos amigos de pequeños nos conocemos aprendí mucho de ti y ahora deseo dar toda esa enseñanza a los demás no hay temor a que nos pondrán obstáculos y que nos perseguirán aún si nuestra vida se ponga en peligro no temo.

Esto me ayuda bastante saber que no estoy solo en esta misión entonces emprendamos que el camino iremos encontrando más gente.

Además, siempre somos guiados nunca nos han abandonado nuestros hermanos siempre nos envían señales no hay que temer más que emprender para adelante el Amor es nuestro guía así que emprendamos el viaje en el camino se nos unirán más todos están recibiendo la señal del Todo para vivir la maravilla nueva Gaia.

Capítulo II

Emprendieron un Nuevo viaje dispuestos a llegar a nuevas tierras querían recorrer el mundo fue así que se montaron en una caravana los tres.

Viajando rumbo al oriente a llevar su mensaje que habían aprendido las vidas pasadas que ya vivieron, guiados por Carles por ser el más sabio por las enseñanzas que recibió.

Así fueron a Oriente los pasando por varias naciones antes de llegar a su objetivo que era llegar a Oriente y en países específicos como China y Japón.

En esta particular Aventura fueron conociendo gente nueva y nuevas culturas fue así que en Turquía se separa-ron por un momento Denie junto a María fueron para el norte donde ellos hicieron un cambio muy importante a esa población así fue que María empezó por ejemplo a enseñar a las mujeres rituales de limpieza de aura, además ella iba recibiendo un amor cada vez más fuerte que fluía como agua por su ser.

Por su parte Denie estaba con los jóvenes enseñando a meditar, a como ser conscientes de que cada acción debe ser con conciencia y con amor para ser bienaventurada, diciéndoles siempre nunca exijan el amor, ninguna ley ni constitución puede obligar a que te amen pues aprendí que el amor es la esencia del ser.

Así muchos de ellos se juntaban en sus carpas a meditar y sobre todo a charlar y compartía más cada vez más gente que se sentía más libre.

Carles había tenido la dicha de conocer al rey de esa tribu en la cual ellos habían parado le había preguntado el Rey Suluf un rostro tan joven pero tanta sabiduría será que eres como dicen un ser que vino de las estrellas o eres un maestro que viene de otras vidas pues no te temo es más siendo un rey siento tu paz y amor, decidme que hacer para ser como tú y ayudar más a mi pueblo pues las guerras con otras tribus están destrozando a mi pueblo e incluso intentaron matar en una batalla a mi amada hija la princesa Eren.

¡Oh querido Rey mis respetos soy solo un simple servidor he viajado por muchas vidas para seguir ayudando y creciendo en el Amor pues debemos ser libres y consciente-tes, más vuestra hija es una elegida para guiar a vuestra tribu de regreso al Todo!

Eren salía de su carpa ella opacaba al sol con tu brillo y en sus ojos estaba el azul del mar, su sonrisa es la ternura en su plenitud, con una sinceridad que nada iguala. Saludando a Carles le da la bienvenida, el reverenciándola le dice por favor en todas mis vidas no conocí un ser que opa-qué al sol, bienaventurada hermana de Luz, Más gritó saliendo de la cabaña un sacerdote replicando sois un infame a dirigirte a si a la alteza.

Majestad ordenad y os apresaré a este insolente y además a sus dos amigos que también andan cerca predicando patrañas en contra de vuestras costumbres. Callad si no queréis que a ti os aprese replicó el Rey.

La Princesa ordenó que preparen una choza para el invitado y que lo sirvan como un invitado especial y que busquen a sus amigos que también quería conocerlos.

Así llegaron Denie junto a María y vieron a Carles sentado en el banquete a la izquierda del rey, María sonrió y exclamó lo dejamos un rato solo y ya se convierte en heredero del trono, sonríe Carles y levanta y los abraza aquí quieren aprender y el propio Rey y la Princesa me han da-do su apoyo y ganas de aprender y ser amorosos.

Transcurrieron los días y a pesar de que tuvieron dificultades puesto que el sacerdote había comunicado por medio de un mensajero que había jóvenes que andaban embaucando y blasfemando por las ciudades y que debía de apresarlos y matarlos ya. Fue cuando la Princesa se enteró que Carles debía emprender otro viaje y volver a España así la princesa expuso soy tu discípula aprendí muchísimo y además como me enseñaste dejé fluir el amor y te amo no quiero que vayas o déjame ir contigo mi padre no se opondrá es más nos mandará en una caravana con la guardia, Princesa mi amor por ti y por todos aquí es inmenso-so pero debo seguir predicando y profesando es para lo que regresé a esta vida, no puedes ir con nosotros es peligroso eres la heredera del trono y a nosotros nos perseguirán y matarán pronto pero antes de todo eso ya habremos dejado muchos aprendices para ir sembrando amor por todo el mundo, además no nos pueden matar porque nuestro espíritu es eterno logramos unirnos al Todo y la Madre nunca nos desampara.

¡¡¡TE Amo Hasta Pronto Princesa!!!

Capítulo III

Emprendiendo el nuevo viaje saliendo del Oriente se percatan que había tres hombres siguiéndolos en una pequeña caravana, paremos dijo Carles debemos saber quiénes son y que desean de nosotros esas personas, sacó una espada Denie, detente amigo no somos como ellos no vinimos a matar a nadie dijo Carles, Pero tampoco acaso debemos defendernos replico María, somos libres, somos luz y amor eso es eternidad nuestra defensa es nuestra luz, nuestra espada y estandarte el Amor recordad que nuestro don de convencimiento lo puede cambiar.

Así se acercaron los tres hombres y con reverencia saludando dicen maestros queremos ser sus aprendices por favor déjennos ir con vosotros aquí tenemos agua, comida e incluso armas si alguien nos quiera atacar queremos lo que tienen esa luz, esa confianza y ese amor tan intenso. Mi nombre es Eleuterio y ellos dos son mis hermanos Timoteo y Euclides, somos hijos de España, pero nuestro padre ser-vía en oriente fuimos criados como guerreros sabemos todo tipo de lucha, pero nunca experimentamos esa compasión que vosotros tenéis, esa paz y ese amor por favor apiadaos de nosotros seremos buenos aprendices.

María dijo que seguridad tenemos que cuando estemos dormidos no nos cortarán la cabeza, Timoteo responde será imposible maestra vosotros dormid con los ojos abiertos vuestra atención es plena además el maestro Carles enseño mucho a la princesa Suluf y ahí lo escuchábamos y meditamos junto a él no podemos dañar al maestro.

Carles les dijo sean bienvenidos hermanos cuanto más seamos más podremos ayudar así que sigamos este viaje saben que viajamos de nuevo para España y que el peligro está rondándonos estáis seguros de ir con nosotros.

Maestro si hace falta y nos permite lucharemos por la vida de ustedes somos guerreros, ante todo, pero queremos ser como nos enseñó guerreros de luz y poner al amor antes que a la espada exclamó Euclides.

Caía la noche y se acercaba una tormenta feroz y gritó Eleuterio maestros solo faltan 4 kilómetros y llegamos a la tierra del reinado marroquí conozco unos mercaderes ellos nos darán refugio porque esta tormenta puede arrasar con nosotros, y si es una trampa y nos apresan mejor nos que-damos aquí dijo Denie.

Iremos ellos saben que si nos quieren embaucar lo que hacen les llegará de vuelta aceleremos la marcha que falta poco exclamó Carles.

Caían rayos y centellas y Eleuterio decía a los guardias abrid las puertas somos amigos de los mercaderes mirad traemos oro y mirra para intercambio.

Pasad, pero si nos quieren mentir sabed que saldrán aquí solo para ser comida los cuervos.

Entraron a la ciudad y Timoteo golpea la puerta de la casa abre rápidamente pasad amigos dice Yosef que vivía con su hermano brujo Mustafá y su hermana Kamil, sean bienvenidos ustedes deben ser los maestros que están recorriendo las ciudades.

Muchas Gracias por recibirnos soy Carles y ella Es Ma-ría y Denie, si somos guías de luz hemos viajado durante muchas vidas para ayudar y guiar a los demás sabéis que estamos aquí para ayudar siempre y cuando puedan dejar-nos.

Mustafá replica somos bienaventurados pues eran ustedes tres la luz que venía viendo y soñando hace mucho tiempo yo soy un simple brujo que trabaja con hechizos, hierbas, pero vosotros trabajad con el ser mismo se siente una paz y amor nunca ningún hechizo me hizo sentir esto.

Por favor coman con nosotros y permítannos que sean nuestros huéspedes más aún que la tormenta afuera muy fuerte.

Además, estoy seguro que nuestra majestad os querrá conocer.

Comieron y bebieron juntos todos y caía fuertemente la tormenta y replicó Carles la madre naturaleza está limpiando la vibración con esta tormenta ayudemos nosotros con una meditación profunda y dejemos que su amor nos llené.

Kamil de repente sintió una llama ardiente en su pecho y caían lágrimas de sus ojos y al despertar de la meditación dijo nunca experimenté esta sensación y gracia las lágrimas eran de felicidad hoy conocí lo que había oído la dicha.

Muchas gracias por vuestra ayuda, por vuestra luz permítanos seguirlos en sus viajes.

Así al amanecer nuestros amigos eran llamados por el rey pues quería conocerlos, a lo que Denie dijo iremos pues se nos ha dicho que debemos acudir a los lugares que nos necesiten.

Bienvenidos soy el Rey Jalil me han llegado rumores que vosotros tres son seres de luz y que están predicando sobre la libertad con el Amor.

Su majestad somos solo Amor no somos maestros ni gurús venimos de varias vidas por decisión propia y misión de brillar sin importar que por medio del Amor dijo Carles.

Saben que soy el rey y dueño de estas tierras así que os pido puedan quedar unas semanas para ayudar a mí y mi gente, les garantizo ser tratados como parte del reinado.

Empezó María enseñando a las mujeres hechizos de sanación y como aumentar el aura en vibración del amor. Denie por su parte junto a Eleuterio y Timoteo empezó a predicar sobre el uso de la energía para la sanación y además enseño a los guerreros como poder vencer el miedo.

Carles por su parte empezó a enseñar a como con el Amor aceptarse y alcanzar la dicha al rey, incluso hasta los sacerdotes los oían.

Así pasaron dos semanas hasta que Carles dijo es el momento de partir aquí quedarán a seguir con la enseñanza Mustafá, Kamil y Yosef ellos han seguido muy bien las enseñanzas y pueden seguir con este camino de ayuda.

Por favor acepten llevar alimento y agua para vuestro viaje además aquí es vuestra casa cuando deseen volver y aquí le daremos refugio si os persiguen.

Capítulo IV

Tan felices viajaban nuestros amigos con una luz brillante tanto que en las noches las estrellas eran opacadas por ellos tres, habían aumentado su frecuencia del amor, sonreían y los pájaros volaban cantando junto a ellos.

Así iban llegando al territorio español y Carles dijo hermanos debemos separarnos María tú ve al Sur junto a Denie, yo iré al Reino de Castilla junto a Euclides, Timoteo y Eleuterio ustedes quedarán en Navarra. Así será hermano dice María solo por favor cuídense y démonos un abrazo de Amor nos volveremos a juntar más temprano que tarde.

Ocurrió algo inesperado al llegar a Navarra Timoteo cae herido por una flecha eran unos bandidos que atacaban las caravanas para robarlas, salid de aquí grita Eleuterio mientras lanzaba una lanza en el camino de los bandidos, porque nos atacan sois solo odio y perdición. Atacamos porque hacemos esto para vivir y ustedes tienen algo en vuestro carruaje.

Les daremos todo, pero no nos ataquen venimos a ayudar.

Así fueron hurtados, pero Eleuterio pudo sanar la herida de su hermano y entraron al Reino y cayeron presos porque el Imperio Romano había ordenado que estén presos y asesinados todos los que prediquen en contra de la religión.

Al entrar Carles sintió un dolor y en una visión vio que estaban presos dos de sus amigos.

Así al entrar fue recibida por un pequeño pueblo, sean bienvenidos, Carles feliz a pesar de todo queda impactado por una hermosa mujer, ella tan preciosa y blanca como la nieve, cabello rubio como el girasol y una voz tan dulce y concisa ella se llama Anna. Soy Anna soy la profesora de esta pequeña escuela, Carles se reverencia ante ella, y ella dice Señor porque hace eso no soy parte de ningún reinado solo soy una profesora, soy yo quien debe reverenciarlo por favor ayúdeme a enseñar a los niños para poder ser fuentes de ese Amor.

Anna bendita eres porque tu nombre es compasión, soy solo Amor y trato de ayudar a los demás por supuesto que os ayudaré a vosotros y a quien lo quisiese, más al terminarlo debes seguir haciendo lo mismo con los demás.

Carles junto a Anna empezaban las clases con una meditación de una hora en la cual Carles se sentía sorprendido como su amor crecía y como una química invadía no podía explicar cómo nacía una atracción sin igual.

Cayó la noche y Anna dice maestro, Anna llámame Carles porque tú eres la maestra, la que me está enseñando que el amor crece, que la pasión es un alimento primordial que entra por la piel y recorre por la sangre y engrandece el Amor. Carles tus palabras me llena de paz y no puedo expresar lo que siento es algo tan hermoso siento como si ya lo conozco de antes si toda la vida ya estuvo a mi lado.

Pasaron los días y Anna y Carles enseñaban juntos tenían ya mucha gente que estaba feliz y predicando ya el amor.

Era una noche hermosa y sentados alrededor de una fogata, Xavier dijo Anna Te Amo y es qué tú eres el Amor de todas mis vidas nunca pensé que podría encontrarte hoy que te hallé experimenté esa dicha tan inmensa como cuando nací y decidí volver.

Anna dijo eres tú quien amé siempre con quien deseo vence la dualidad.

La luna se hizo testigo de esa pasión que desbordó entre los dos, ya solo existía un solo ser porque el Amor los había hecho un solo ser.

Pasaron las semanas y debía volver a reunirse con sus amigos Carles, mira Anna te amo nunca te olvidaré, pero debo regresar con mi misión y reunirme con mis hermanos, Anna dijo queremos ir contigo estoy preparada para profesar y predicar. ¿Por qué dices queremos si eres tú sola?

Carles estoy embarazada seremos tres, por eso te que-remos acompañar para seguir ayudando a los demás. Car-les la abrazó y le brillaron los ojos y la beso. Bendita seas luz que creces en amor. Ahora vendrá una nueva semilla estelar.

Así fueron en una caravana a reunirse con María y Denie, quien es ella dijo María, ella es Anna la madre de mi hijo y mi llama gemela.

Seré tía dijo María bendita seas Anna ese pequeño niño o niña nacerá bendito por el Amor.

Felicidades hermano dijo Denie, pero debo confesarles algo malo han ejecutado a Timoteo y Eleuterio.

Así que debemos ir a Japón a refugiarnos les presento a Tomoko ella es una aprendiz tibetana que nos llevará a Japón a su templo nos llevará algunos meses pues iremos en su barca, pero ahí estaremos a salvo.

Pues así sea iremos y ahora más que nunca debo proteger a Anna y mi futuro hijo.

Euclides dijo yo me quedaré aquí maestro aún hay gen-te que nos ama y nos dará refugio y si me apresan solo podrán matar mi cuerpo mi espíritu esta siempre con ustedes. Buen Viaje.

Cuídate y que la luz te guie siempre y te dejo este amuleto para que te proteja estamos siempre conectados dijo Carles.

Emprendieron un viaje largo hasta Japón.

Llegaron luego de varios meses de viaje y María dijo Carles, Anna esta con dolores parece que ya vendrá el bebé debemos buscar un lugar.

Tomoko dijo ven las montañas allí está el templo ya es-tamos llegando al llegar yo puedo ayudar a que ella dé a luz he aprendido con mis hermanos eso.

Resiste Anna ya llegaremos falta poco.

Llegan al lugar y los abre el maestro Kenji y les dice rápido bájenla en la cama y manda a buscar hierbas, agua caliente y una sábana.

Tomoko tú tienes experiencia en esto ayúdalas maestro así comienza el trabajo de parto y ve la luz una hermosa niña blanca llena de luz tan hermosa. Tómala en tus brazos Carles ella es tu hija.

Lágrimas de felicidad de Carles se llamará Natalis, su madre emocionada la carga y la alimenta.

Así el maestro Kenji les da la bienvenida y les dice que hace siglos los venía esperando.

Disculpe, pero sabrá que cuando el alumno esté listo aparecerá el maestro dice Denie. Sabias palabras chico, pero sabrás que la sabiduría llega con los años y ustedes vienen de muchas vidas.

Vosotros sabéis mucho solo dejad que vuestra alma guie el camino, sois luz que vino en esta oscuridad para poder encender las siguientes luces que necesita vuestra madre Gaia para poder vibrar solo en Amor, Luz y Liberar a todos los seres que nacieron libres, pero han hecho todo por apresarlos.

Capítulo V

He aquí nuestros guías en Japón huyendo de persecución del imperio y con la pequeña Natalis que sonría y miraba como su papá y mamá y meditaba, esta niña será muy especial replicaba Kenji, mirad sus ojos se ve cristalizado el sol en ellos. Sentid su energía ella seguirá el legado de su padre, más el aún más ahora crecerá pues yo le voy a enseñar más y aprenderé nutriéndome de su amor.

Maestro yo deseo aprender más de su sabiduría, dijo Denie porque he aprendido mucho con paciencia sobre el manejo de la energía vital. Joven aquí aprenderás sobre todo a como sentirte en paz en soledad.

Carles acompañadme por este sendero solo tú y yo, Tomoko guía a Anna y María para que lleguen a Kioto ahí es la escuela nos ayudarían bastante que ellos también enseñasen ahí.

Maestro Kenji no me digáis maestro dime Kenji, siempre estuve aquí cuando medito mi alma se baña en estas aguas, mis ojos se posan en las pirámides del Cairo y mis manos se lavan por el Niágara, pero mi espíritu dice que hay una tierra cálida por conocer del otro lado del Pacifico.

¿Entonces es así Kenji? Dice Carles, mirad te traje aquí para meditar y alcanzar una nueva etapa en la cual puedas estar preparado para viajar en el tiempo. Viajar en el tiempo si ya he pasado eso en otras vidas.

Ahora no será así porque viajaras con este cuerpo y ya no con otros cuerpos y además ya no estás solo.

Ahora cierra los ojos y deja tu alma salir, pero recuerda brilla tanto que los oscuros se alejen y no quieran detenerte. Kenji ven conmigo no joven amigo aquí me necesita además el

Maestro me dijo camina con el hasta la mitad luego ya es su camino, así que ve amigo observa lo que te espera y te seguirán tus amigos.

Caía la noche y Carles llegaba a una tierra nueva colorada llena de naranjos y lapachos. En ella había un río dulce que fluía lento y con tanta tranquilidad, nadie lo veía a él, pero de repente aparece un chiquillo le dice bienvenido ahora estás viendo con tu alma lo que es el camino que tus ojos serán guiados. Esta nueva tierra toma este es la llave para entrar al templo y viajar aquí no te preocupes por lo que no te siguen los volverás a ver.

Se despierta y amanecía, tranquilo muchacho estoy aquí replica Kenji ahora ya has visto al maestro ahora es momento de regresar por quienes te acompañaran y te daré la llave para que uses la máquina del tiempo que se utilizó hace 5.000años en la nueva tierra aprenderás el último eslabón para alcanzar la no vuelta más a esta vida.

Mira no te preocupes por Anna y Natalis ella se quedará aquí con Tomoko solo pueden entrar tres personas en este viaje.

Así que ve está escrito que se vendrá un gran cambio y se volverán a reunir todos en su momento.

☐ Todo estará bien recuerda que siempre estás siendo guiado y que los maestros están en vosotros siempre así que no olviden que en el silencio ellos os hablan para guiarlos.

<u>Capítulo VI</u>

Atraviesa en el tiempo un viaje espectacular algo que no podía dimensionarlo pues llegaba a una nueva tierra algo tan hermoso con una tierra tan suave que acariciaban los pies al caminarlos, aguas dulces y una vegetación tan preciosa que nunca había visto era todo tan real que dijo esto no es un sueño es la tierra que habló el maestro.

Lo ven y no lo pueden creer tampoco Denie y María es la nueva tierra que tampoco nos hablabas en sueños hay animales que nunca antes vimos se siente un aire fresco y renovado.

Que belleza aquí será el nuevo comienzo.

Se torna más brillante y se oye una voz bienvenidos seres de luz lo estábamos esperando están aquí para prepares para la ascensión espiritual del planeta. Aquí aprenderán todo lo que les faltaba para volver a lo que llaman realidad y despertar a los demás para la liberación y ascensión.

Mi nombre es Gala aquí estaré para su primera parte de esta enseñanza luego encontrarán al resto de mis hermanos para su aprendizaje. Miren a su alrededor ven la hermosura del lugar pues así es en verdad lo que llamarán nuevo mundo pasarán algunos cataclismos enormes que pasarán para que tengan miedo y no podrán pues ustedes son una frecuencia alta en Amor y Luz.

Por eso siempre piensen positivo no dejen que los engañen ellos siempre lanzan miedo, para atraparlos robarles sus energías, pero aquí ustedes son más brillantes que el propio sol mire semillas estelares ustedes son el conducto del nuevo despertar.

Mi enseñanza es la siguiente Amen todo desde el brillo del sol, un simple suspiro o el hecho de saber que están viviendo esta experiencia en cuerpo. Ustedes son Amor la frecuencia más alta del Todo él está en ustedes por eso lo que ustedes desean él también lo desea por-que él vive dentro de ustedes ahora sus hermanos están presos hace siglos por los entes malignos(arcontes) ellos no pueden evolucionar porque son negativos solo se pueden alimentar, pero vosotros ya los conocen los han repetido en varias ocasiones irán a la oscuridad e iluminarán con su Amor esa luz será la que ayudará a evolucionar no teman los perseguirán igual a que los demás maestros pero no mueren nunca porque el Alma es Luz y trasciende.

Ahora caminen recorran que en el camino estará mi hermano que os guiará sobre su nueva enseñanza. Sin duda alguna hicimos bien en seguirte dice María, Ahora Siento que mi energía está más fuerte replica Denie.

Hermanos estaba escrito debíamos venir aquí mis sueños eran una premonición dice Carles.

Mira esa luz que está al lado de esa cueva tal vez debamos ir ahí.

Adentraos aquí lo estoy esperando dice una voz tan dulce como el cantar de los pájaros.

Soy Natán estoy aquí para guiarlos a su nuevo aprendizaje saben que uno enciende una luz para iluminarlo todo por ello se pone esa luz en un rincón para que todo lo ilumine.

Ahora comprendo cómo es que esta cueva oscura se ve de muy lejos es tu luz la que la ilumina en su totalidad. Replica Carles.

Así es pues ustedes semillas de luz deben hacer eso con sus hermanos ellos son igual que tú, pero están presos de la ilusión están en oscuridad.

Ustedes deben expandir su luz y Amor iluminarlos nuevamente.

Enseñarles la importancia de que todos son uno y solo ayudándose mutuamente se elevarán.

Una chispa encenderá a la otra y así serán la gran llama que hará elevarse.

Como lo harán simple díganle lo hermoso que son, lo amorosos que son, la perfección que traen ya al nacer ahí verá en sus ojos ese brillo que emana la llama que se enciende en el Alma ese amor que le están dado los iluminará.

Yo estaré con ustedes, no hay nada que temer pues les guiaré en el camino y se irán encontrando con hermanos iguales a vosotros.

Ahora cerrad los ojos y vibren en amor creen con el Todo lo que desean, pues el momento de iluminar vosotros esta cueva.

Se va Natán y todo se oscurece. Pero se oye al final ahora brillen pequeñas estrellas.

Cerraron sus ojos y Carles empieza a brillar toma la mano de María y brillan como una lámpara, Denie toma la mano de María y encienden una luz tan vibrante como la de Natán que los animales venían a ellos y se alimentaban de esa luz.

Han pasado ahora seguid hasta el final de la cueva ahí hallarán el camino hasta mi último hermano.

Esto es tan maravilloso toda mi vida pensé que jamás se-riamos libres.

Martina que te he dicho siempre no seas mental oye a tu corazón a tu intuición la libertad ya está acá replica Carles.

Pero la libertad no iba a ser con espadas y guerras dice Denie.

No podremos vencerlo si peleamos igual que ellos somos la resistencia vibramos en Amor, Compasión, Empatía, Luz así vamos elevar el planeta replica una voz.

Lo siento no me presenté soy Hesediel estoy aquí para darles la lección final.

Vuestro estandarte será el Amor, Vuestra Espada la Luz el Cristo se iluminará en vuestras mentes para guiarlos no se dejen engañar allá hay un hombre que dice ser el Cristo pero es un difamador que está para apresar los demás serán tribulaciones que muchos tal vez no sopor-ten pero una noche el sol os sorprenderá pero no será el sol sino la luz de las semillas estelares que han sido sembradas en el planeta en todos estos siglos ellos brota-irán en Amor y los oscuros se desintegrarán verán el cielo en llamas de luz violeta pues es el Amor que envolverá y elevará la tierra.

Por eso les digo ustedes son infinitos y divinos, pero son unas semillas que aquí están para ser cosechadas para la libertad del planeta.

No pelearán las guerras que allá habrá, tal vez caigan enfermos, pero solo sanarán al ver que es una ilusión creada por el miedo y el robo de energía.

No dejen de meditar, de iluminarse entre ustedes, de expandir vuestro amor, pues el momento ya ha llegado deberán volver porque las primeras ilusiones oscuras están en el planeta.

Nosotros somos infinitos y trascenderemos para ingresar a la tercera dimensión para acompañarlos, pero solo os guiaremos pues ustedes al despertar son más fuertes que nosotros. Divinos son Divinos serán por siempre.

Cae un rayo y los hace viajar nuevamente solo se escucha una voz profunda que dice iluminen sus caminos que la muerte ya merodea por el miedo de los oscuros.

Los esperamos en la quinta dimensión.

Nada será igual por este salto que darán pasando incluso por la cuarta dimensión.

Sois Amor no lo olvidéis.

Nada ni nadie ya los oprimirá iluminaos a vuestros hermanos y al mundo entero…

☐

Capítulo VII

Llegaron vuestros amigos a la tierra de nuevo sintiéndose llenos de energía, resplandecientes y como si solo hubieran estado en un estado de sueño.

Encontraron un mundo totalmente diferente con los humanos todos tristes, con ojeras, algunos opacados sin luz. En lo que dice María mira allá que son esas luces que fluyen de la tierra hacia el cielo. Eran niños, niñas, incluso adultos que como semillas brotaban de la tierra elevándose al cielo y al tocar el cielo bajaban llenos de luz como el sol.

Bendito sean replica Denie cuando se empieza elevar también al cielo. Somos las semillas estelares como está escrito brotando para la elevación del mundo a la quinta dimensión comienza nuestra misión dice Carles.

Era mágico como el cielo se llenaba de luces y de muchos colores era más inmenso que el arcoíris.

Iban cayendo por todo el mundo como rayos de luz que donde caían brotaban flores y campos verde de pradera.

La gente que estaba atemorizada en sus casas por la llegada del virus que era alimentado con la negatividad de los arcontes que estaban desesperados por perder el control de la tierra.

Las campanas de las iglesias repican sin cesar exclama María, se oyen oraciones se siente la energía de las oraciones y rezos, toda incertidumbre reina.

Es tal cual nos dijeron los maestros ahora tiembla la tierra y es como si tragase lo malo y brota nueva tierra, pero aún no termina como estarán los demás yo me siento tan tranquilo termina Denie.

Hermano es el momento ahora nos separaremos y el TODO nos volverá unir, vienen otras cosas ya las grandes naciones se alistan para una guerra y los ascendidos ya están aquí el portal se abrió ellos ya están aquí somos las semillas estelares ahora debemos liberar a nuestros hermanos y al planeta entero, ya no más virus, no más prejuicios, todos somos Uno somos parte del TODO.

Ahora yo iré para el Sur dice Carles ahí me guía mi corazón ahí me espera una persona que me ayudará a traer de vuelta a Natalis y Anna. Vosotros dividíos uno ir al norte y el otro al este.

Será así estamos juntos usad vuestra telepatía para estar en contacto ya no podemos usar la tecnología, los ascendidos están aquí ellos nos guían con la telepatía.

Así Carles caminando va y ve como en algunos lugares fuerzas militares reprimen a gente por querer salir de sus hogares, así también como apresan a cualquier solo por pensar diferente o demostrar su libertad.

Oye ven aquí te apresarán dice una voz. Quien sois dice Carles eso no importa ven rápido aquí tú me ayudarás, pero primero debo ayudarte yo. Me Llamo Rania, cuando empezó lo que parecía una lluvia de meteoros una voz me dijo que vendrías yo me quedé anonada pues no lo podía ver quien hablaba.

Esto empezó todo hace un año día a día se expandía el virus y la gente colapso al igual que la economía, pero los animales eran tan libres, el planeta se iluminaba era todo tan diferente.

Hasta que llegó esa lluvia de meteoros que es lo que dice las autoridades y la prensa, pero yo no creo pues de la tierra brotaba gente y se elevan y bajan nuevamente como luz, otros decían que los extraterrestres los secuestraban, pero yo leí una vez hay semillas estelares y en su momento brotarían. Sabes ante todo este desastre me pareces que existen los ángeles y que tú eres uno de ellos pues en toda la violencia y desesperación te vi caminando como una luz brillante sin temores y veía a la gente mirarte y relajarse, Carles de donde has venido eres un Ángel o una semilla estelar.

Soy lo que tu corazón dice te agradezco por tu ayuda vine solo a ayudar con mi amor y con lo que aprendí a liberar a todos nosotros preparamos el camino para el maestro el vendrá junto a todos para liberar al mundo y a su gente nos elevaremos a la quinta dimensión, Explica Carles.

¡Wao!! eso es hermoso el maestro que tu hablas es Dios o es un extraterrestre pregunta Rania solo ten paciencia replica Carles.!

Bueno Carles necesito que me enseñes todo lo que puedas quiero ayudar y tengo muchas preguntas. Te guiaré en lo que pueda Rania, pero dime una cosa cuando llegan los vuelos de Asia aquí a América me han dicho que ya aquí se usa aviones en el pasado solo usábamos barca.

Sonríe ella dice aquí ya no se usan barcas en que año te quedaste esto es 2021 estamos en febrero. Uff cierto yo vengo del año 500 DC

Eso pasó hace demasiado tiempo como lo hacen para estar ahora aquí.

Alguna vez te contaré si ahora por favor salgamos de aquí.

Mira este es mi auto vamos en el sí puedo Salir porque tengo un trabajo así que no nos detendrán solo actúa normal si porque todos te miran y podemos tener problemas.

Siento que mis amigos ya están bien siento sus energías elevadas al Todo están en conexión ya eso ayudará. Quienes son tus amigos pregunta Rania, se llaman María y Denie los tres viajamos en el tiempo yo tengo 31 años aquí, pero en realidad mi edad es 776 en un mes cumpliré 777 y ahí volveré a casa. Me hablas en serio tanto tienes no pareces pensé que tenías 20 años.

Si, pero aquí tengo 31 años primero que todo Rania acéptate eres Amor no eres como te han dicho un cuerpo humano solo, eres una experiencia divina más todos lo son tienen dones magníficos que han sido robados y apagados por los oscuros porque desean que nos despierten. Mírame a los ojos ves el sol verdad, si porque veo el sol en tus ojos es que ves en mi lo que eres tú soy tu espejo eres calor de pasión como los rayos del sol, eres luz como el sol cuando amanece y ardes tan fuerte como el sol de verano.

Por eso ten paciencia y deja fluir todo se está poniendo en su lugar.

Me tomaste la mano y te sentí hasta en mis huesos Carles siento como si despertaste algo en mí que estaba dormido. No te preocupes es Amor y es puro es lo que eres tú, porque te detienes Rania.

Debo decirte algo bueno dilo cierra los ojos, en ese momento ella lo besa y una luz fluye por todo el cuerpo de Rania, lo sabía, pero no podía decirlo ahora sabes que eres igual que nosotros una guerrera de luz si Carles gracias TE AMO.

Por favor solo cumplí con lo que vine hacer ahora por favor ayúdame deseo volver a ver a mi hija y su madre sé que ellos han venido también.

Si ahora vamos al aeropuerto déjame hago una llamada para saber sobre ellos sí.

Así es que Carles dice he tenido una visión ellas no volvieron de Japón ellas están aquí con otros cuerpos.

Eso que dices como puede ser contesta Rania, y no pueden viajar en el tiempo ellas pues aquí están en una vida normal y corriente no como yo que volví del pasado para ayudarlos por eso viste eso que parecía meteoros eran semillas estelares elevándose porque era el momento de que brotasen en todo el mundo.

Muchas cosas ahora cambiarán ya no habrá lo que ustedes llamaban dolor, esos rostros tristes la oscuridad se va, aunque se resista el TODO nunca se olvidó de ustedes, es más, nunca les castigó porque si así fuese él se estaría castigando así mismo.

Entonces cuando nos decían DIOS nos castiga no era así, la verdad nunca lo fue puesto que él vive en ustedes una experiencia diferente, pero todas en Amor solo depende de la percepción de cada uno. Por eso unos enfermaron del virus y otros no esas almas que se lograron conocer y volver a sus orígenes pudieron vencer los paradigmas y liberarse de la ilusión creado por la matriz de arcontes.

Por eso empezaron guerras en todo el mundo porque solo desean desunirlos del todo, porque crees que los encerraron en sus casas porque así entran en desesperación, además se alimentan mal y ya no hacen ninguna actividad al aire libre. Los arcontes incluso siempre les oculto el poder que traen en su energía sexual.

Carles sobre eso también experimente contigo al sentir tus labios me subió una energía por mis piernas hasta llegar a mi cabeza que fue, Era tu energía sexual alineándose para tu despertar.

Por eso mis hermanos como yo estamos aquí vinimos en el momento oportuno y más hermoso porque en todo el caos se observa igual hermosura y como se despiertan muchos hallándose a sí mismos.

Todo esto es como si leyeras lo que iban a ser mis preguntas contesta Rania.

Solo que ya sabía todas tus preguntas. Pero esto aún recién empieza así que debo dejarte debo buscar a Anna y a Natalis.

Déjame llevarte a ellas tal vez sepas donde están tú, sé que ya vinieron, pero solo mi intuición me hará encontrarlas además no sé si como estarán, si me conocen, me recuerdan.

Solo puedo decirte que gracias a ti me siento mucho mejor y realizada Carles, solo hice que vuelvas a tu naturalidad el resto lo has hecho tú con tu amor y fe ahora ayuda a los demás.

Carles llega y encuentra a Anna, hola señorita me disculpa me diría su nombre creo que la conozco, Si me llamo Mariel, pero yo en verdad no lo conozco señor a quién busca. ¿Me diría por último cuantos años tiene? Me asusta señor, pero tengo 42 años usted se estará confundiendo mejor refúgiese venga entre aquí en mi auto lo llevaré no parece ser una persona mala.

Esto no puede ser tú eres Anna lo puedo sentir en tu energía y en tus ojos tu alma la reconozco has venido en otro cuerpo y antes que yo. No sé qué ocurre, pero por un momento me perdí en su mirada y me pareció conocerlo y ni siquiera aún me dijo su nombre, creo que en verdad si lo conozco de algún lugar.

Es así me conoce me Llamo Carles, solo puedo decirte eres tan hermosa como cuando te conocí eres mi amor de todas las vidas. Carles es un hermoso joven, pero creo que se confunde ni siquiera aún lo conozco.

Tengo todo el tiempo para hacer que me recuerde.

Llegando a la casa se siente una fuerte explosión, ella asustada llora y dice aún no quiero morir, tranquila si confías en mí, más confiarás en ti, bajaré, no bajes por favor. Debo hacerlo sé que es un arconte que aterrizó aquí.

Tú oscuro debes irte de aquí, aquí ya no perteneces, no oprimirás más. Tú no puedes hacerme nada entraré en tu mente. Tal vez el solo no, pero los tres juntos sí clama Denie que llega junto a María, hermanos han llegado- Si hemos sido traído aquí para expulsar a este arconte. Somos hijos de luz salid de aquí os expulsamos con el poder del Amor.

Callaos por favor me iré, pero por favor callos solo quería alimentarme.

Entra al auto nuevamente y pregunta Mariel quienes son ellos, son mis hermanos que iba a hablarte ustedes me salvaron y ella lo abraza fuerte y siente como late fuerte el corazón de él, que te ocurre le dice es solo que fluye por mi todo lo que traigo, que traes AMOR.

Ahí ella lo besa y se enciende una luz tan enorme que todos salen a mirar, se había dado el reencuentro de dos almas en una época diferente y cuerpos diferentes.

Esa luz hizo que todos ahí se iluminarán, así se iba despertando la gente y liberándose de los arcontes, volviendo a su divinidad cada uno y viviendo solamente ya en Amor.

Ahora las semillas estelares han despertado, ahora podéis ver la realidad los que decían que los extraterrestres son malvados, eran vuestros controladores, pero todo se acabó ahora ya que Gaia vibra en la quinta dimensión muchas almas quisieron ser partícipe de este despertar, pero no han logrado sentíos privilegiados vosotros de serlo porque yo siempre estoy con vosotros y los he hecho libres y divinos pues yo soy ustedes y vosotros sois yo. Ámense que estoy dentro suyo...

Y estén listos que muy pronto este despertar alcanzará a más seres y conoceremos más lugares porque "Cuando el alumno está preparado el maestro llega nunca antes ni después".

Epílogo

En este libro hemos tratado de dejar la enseñanza de la importancia del amor en el Universo, además de entender que hay almas avanzadas habitando entre los seres humanos, dichos seres son benevolentes por más que tengan orígenes estelares han encarnados en cuerpos humanos para ayudar a la liberación humanitaria y el despertar de la conciencia. Dicho relato ha sido hecho según el acceso de su registro akashico del autor dando así origen a una historia que uno según su grado consciente tomará del lado real o ciencia ficción. Es importante tener en cuenta los personajes principales en la tierra han obtenido un grados superior de espiritualidad por su transitar en el tiempo a través de sus viajes. No obstante, ellos han sido recibidos cordialmente con sus cuerpos humanos viviendo una vida plena con la humanidad.

Que cada ser por naturaleza misma pueda alcanzar el despertar y pueda ser eternamente dichoso...

Sobre el Autor

Diego Javier Alonso Vega de 32 años nacido en Asunción Paraguay ha escrito ya 9 libros anteriormente Llamas Gemelas, El Arte de Amarte es Indescriptible, Tenerte Sin Tocarte y Abrazo al Alma, actualmente enfocado en una nueva trilogía de libros según su grado de experiencia recibida al entonar en frecuencia con el Universo.

.

<u>Agradecimientos</u>

. Este libro está dedicado a cada una de las personas que hicieron posible poder contar esta historia, sin duda alguna es una historia con mucha fantasía, pero realidad a la vez ocurrida en dimensiones paralelas y por sobre todo dando a conocer que nunca estuvieron solos en el Universo.

Muchas Gracias por el diseño de la tapa del libro a Karin Peña.

Muchas Gracias a los personajes Hugo, Mariela, Verena, Nancy, Noelia, Ramiro, Fabian, Guillermo, Adán, Camila Daniel, María por un respeto, y aprecio y además preservar sus identidades solo iniciales de los personajes que son personas reales. Muchas Gracias a cada una de las personas que han dado su apoyo siempre y han inspirado par-te de esta historia. MUCHO AMOR Y LUZ PARA TODOS

Made in the USA
Columbia, SC
22 November 2022

71862740R10017